ひと房のブドウ

前島麻子 詩画集

鳥影社

Image 1

—輪唱—

まん中からはじまる歌声は

しだいにひろがってゆき

やがて　ひとつの響きとなる

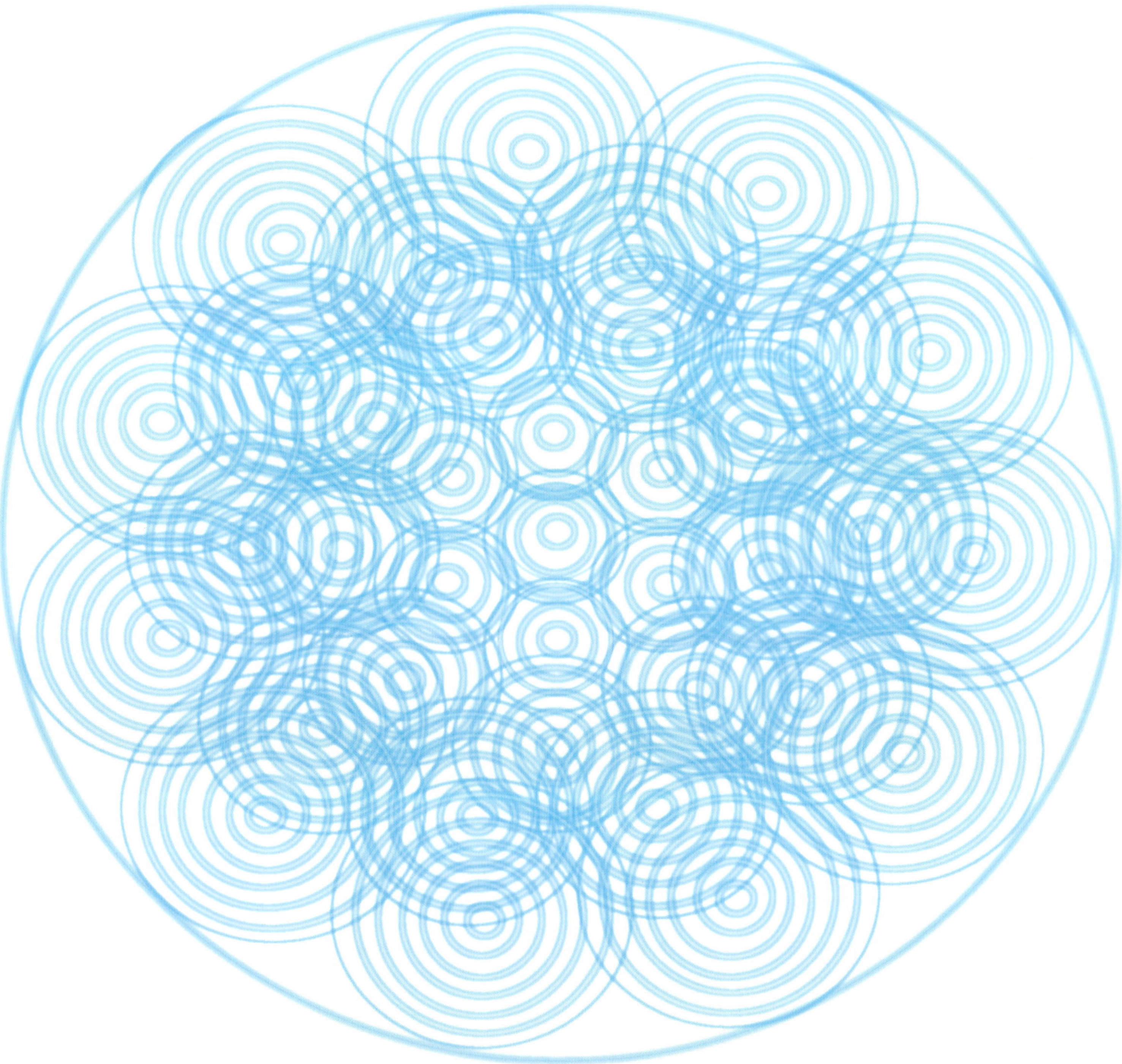

Image 2

ほんとうの理解は

その過程を経た先にこそ

わかれ　わかれに
わかれているのは
どうしてでしょう

もとをたどれば
一本のものである
わたしたちが

わかれ　わかれに
わかれているのは

もとをたどって
一本のものである
わたしたちなのを
しる　ためです

Image 3

とっておきの部分だからこそ
あなたに食べてもらいたい

土をおとして
皮をむき
ぬかで茹でて
ひと晩ねかせ
あくをすっかり
ぬいた中から
はじめて生まれる
やわらかな
きんいろの子を
おはしではこぶ
起こさないよう
そうっと　そうっと

Image 4

わたし＋ 1 (oneness) ＝■

それは宝物のように

日常のあらゆる場面にかくされている

つぎの計算をしてみましょう。

１　＋　１　＝　　□

□のなかには　なにが　はいるの？

昨日と今日では　きっとちがう

今日と明日でも　きっとちがう

わたしの□はこれからも

A:　ずっと□のままがいい

Image 5

春が来ると知っていることは
千万の本より価値がある

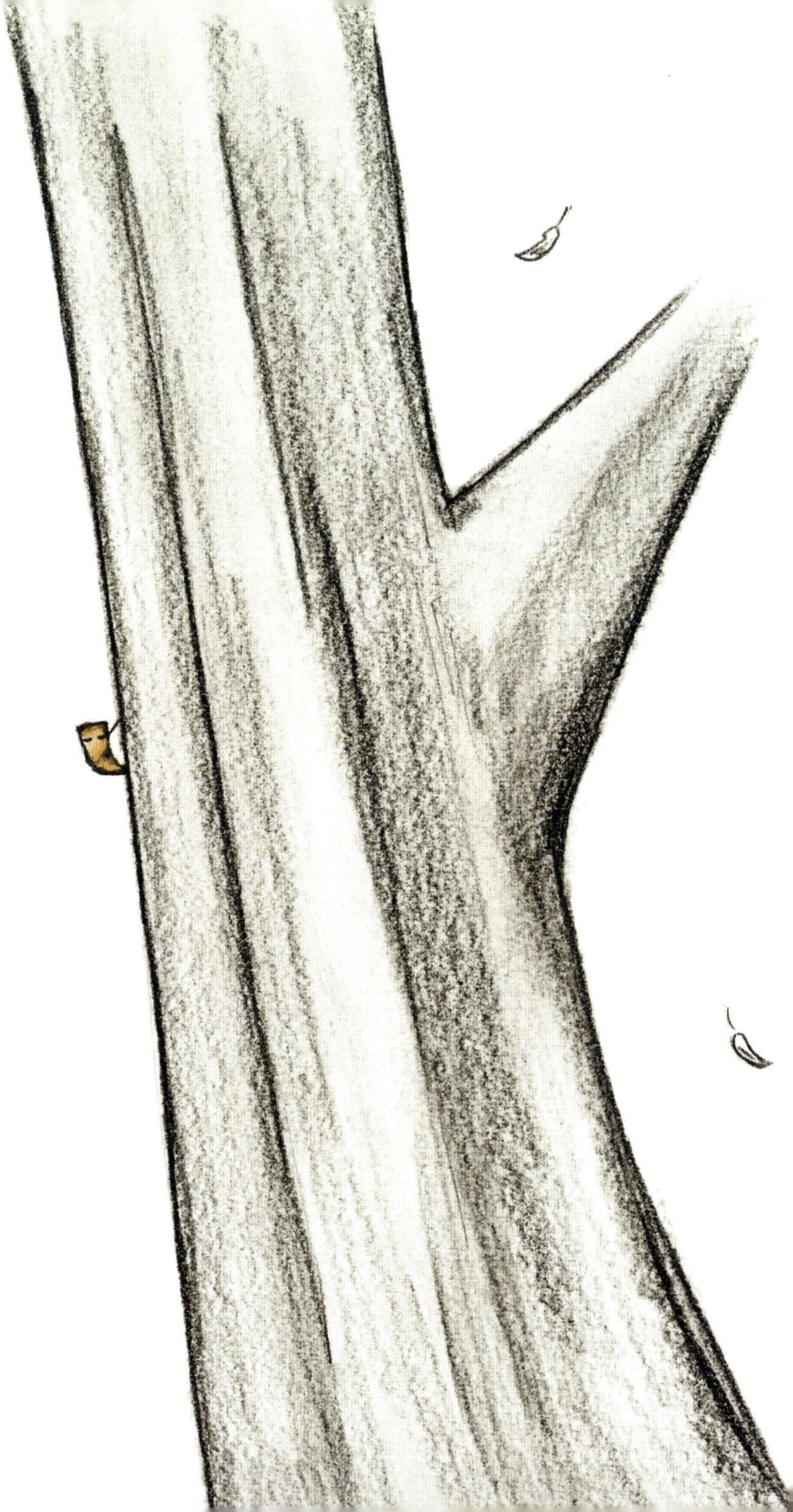

「いかない」　ことで　もっと　とおく
「とらない」　ことで　もっと　おおく
「いわない」　ことで　もっと　つよく
いけるし　とれるし　かたれる　ちからを
ここで　ひっそり　たくわえる

Image 6

あなたもこちらで
ちょっと休憩していきませんか？

わたしのもとへきて
みなが背中を預けなければ
わたしはじぶんのかたちがどんなかを
けっして知ることはなかったんだよ
きみも今日は　ほんとうに　ありがとう

背中の声は　それきり黙ったままでしたが
私もやはり　黙ったままでした
どこからともなく心地よい風が
やってきたからです

Image 7

ようこそ　きせきの　漁場へ

じいっと　見つめると
マス目のむこうがわには
白紙のくうかんがある

じいっと　見つめると
マス目ぜんたいは
しかくい漁師あみのようにして
なにかを　まっており

白紙のくうかんは
むげんにひろがる　海のように
みえない　ずうっと　おくのほうに
なにかを　はらんでいる

あたらしい　なにかが　生みだされる

と　どうじに

生みだされることのなかった
むすうの　なにか　たちも

みえない　ずうっと　おくのほうで

ともにひとつの　むれをなし
ぐるん　ぐるんと　おおきくうねり

上昇したり　下降したり
気のとおくなるぐらいの
ながい　ながい　旅をへて

ようやっと
この　あみの上まで　やってくるのだ

まるでなにごともなかった　というふうに

Image 8

ほそい脈のずうっと奥から
聴こえる無数の音たちは
どこからやってくるのだろう

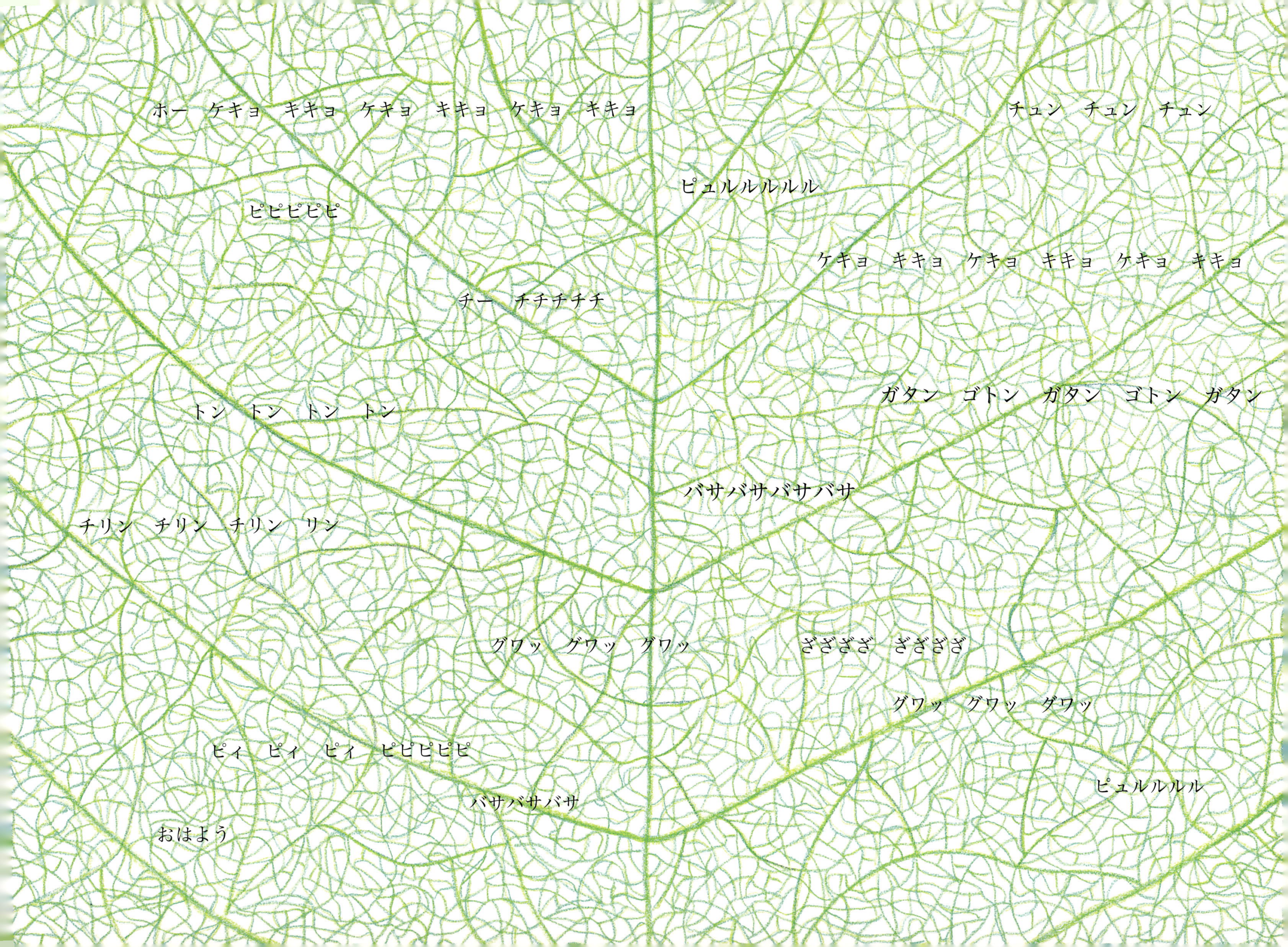
ホー　ケキョ　キキョ　ケキョ　キキョ　ケキョ　キキョ
ピピピピピ
チー　チチチチチ
トン　トン　トン　トン
チリン　チリン　チリン　リン
グワッ　グワッ　グワッ
ピィ　ピィ　ピィ　ピピピピピ
バサバサバサ
おはよう
チュン　チュン　チュン
ピュルルルルルル
ケキョ　キキョ　ケキョ　キキョ　ケキョ　キキョ
ガタン　ゴトン　ガタン　ゴトン　ガタン
バサバサバサバサ
ざざざざ　ざざざざ
グワッ　グワッ　グワッ
ピュルルルルル

Image 9

その状態は　保つもの

たびたび向ける心によって

もう空っぽだよ？
―ほんに　空っぽだわ
捨ててもいい？
―まんだ　捨てんでいい
何かに使うの？
―何にも使わん
でも取っておくの？
―だけん　取っとくの
あんたが大事に取っとくの
何にも使わんこに　ひとつ

Image 10

ささやかなことで　かまわない
ささやかなことが　大事なのだから

わたしの苦《にが》みを愛するだれかが
どこかで　いま　この瞬間も
あらたな味わい見つけだしては
静かにほほえむものだから

トクン
トクン

トクン
トクン

トクン
トクン

トクン
トクン

この胎内に抱く宇宙は
よろこび果てなくひろがる
とおく　ちかく　また　とおく
甘やかな鼓動　ひびかせて

Image 11

変わりゆくものと　変わることのないものと

まんてんの日も
あかてんの日も
ここに　立てば
いつもおんなじ
花まるくれる

Image 12

あれ？
これはわたしの破片じゃない・・

ぶつかって　欠けたのは

あなたのほうだった

砕かれるほど痛かったのは

わたしだったはず

――なのに――

ぶつかって　欠けたのは

あなたのほう　だったのだ

Image 13

ひとつぶひとつぶのなかに
込められた願いを
「いただきます」

ワワワ　ワワワ　ワワタワワ
ワワワ　ワワワ　ワワタワワ

なんにもかんにも包み込む
（ワワワ）
できる　いい子も
できない　いい子も
なんにもかんにも包み込む
（ワワワ）
それだけを伝えたいために

ワワワ　ハヤク　タキアガレ
タワワニ　ミノッタ　コトバタチ

Image 14

～ rûaḥ ～

いっこ　ではなく
いちわ　になりたい

ふうって

息を　吹き込んで

そしたらね・・・

ふたつの羽が　ひろがって

はじめて　ひとりで　立てるのよ

Image 15

祇園精舎の鐘の声
諸行無常の響きあり

短夜《みじかよ》に

盛衰の　理《ことわり》を　詠うは

何れ《いず》の　枇杷《びわ》　なるぞ

弾《ダ》

弾《ダン》

弾　弾　弾　弾　弾　弾　弾

虚空《こくう》　掻《か》きならす　楽《がく》の音《ね》を

黙《もく》し　ただ　聴《き》き入《い》るは

三日月《みかづき》の　客人《まろうと》　ばかり

Image 16

かけがいのないものは
うんと身近なものでつくられる

小麦粉たまごに
お砂糖バター
みんなひとつの
生地になるまで
ボウルでこねたら
夜空にまたたく
夢をみるために
おやすみなさい・・・・
ねかせた生地から
いちまい　いちまい
型ぬき生まれる
星のこどもたち
こんがりなかよく
焼き上げられて
あなたの手元に
流れつく

Image 17

ここにあるのは“いま”ばかり

会いたくなったら　すぐ会える
両手にひろがる　この宙に
置かれた　ことばの　星々が
三百年も　はなれた　地点の
あなたとわたしを　結ぶから
どちらが　過去か　未来かも
ここに集えば　なくなって
わたしたちは　ただ　永遠を
紡ぎだすものの　一部の　ように

Image 18

「お月さんの、ひみつ」

「お月さんに　お礼をせんと」

「なんのお礼？」

「地球のひみつ」

「地球のひみつ？」

「お月さんが見えるっていう
いちばん大事なひみつだよ」

Image 19

いちばんはじめにあるものの
縮図をここに　示しましょう

せかいの よろこび かなしみ の いちばん ふかい
ところ まで 根を はって いる
わたし たちは はるか むかしの きおく
さえも ひとつの 粒の なかに
やどし 圧縮 されて この
びん で ねむり
続けて いたの
です

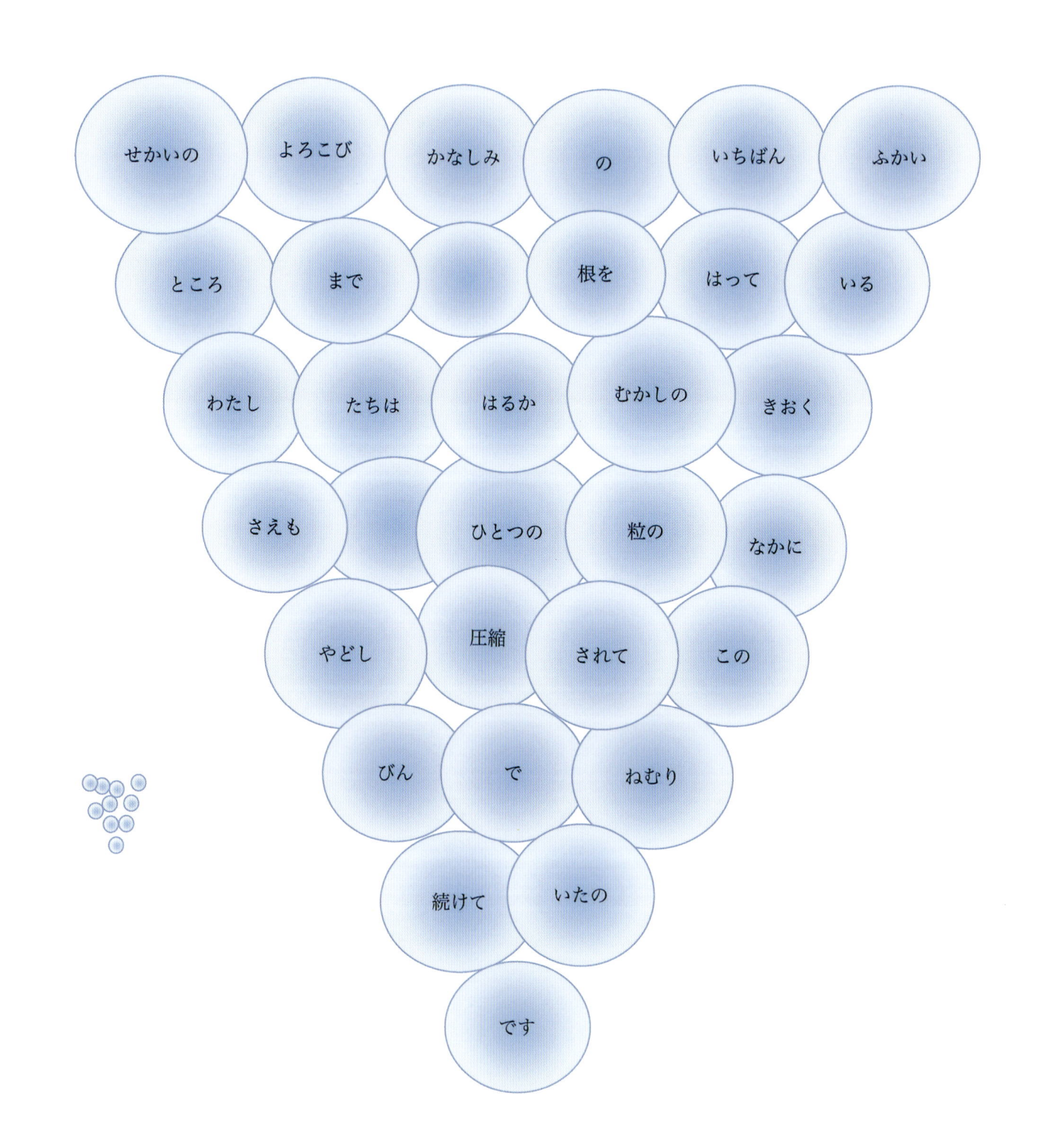

Image 20

あらゆるものが作用し合い
均衡《バランス》が保たれている

わたしは毒をもっている
生まれたときからもっている
生まれたときからもっているものは
善いも　悪いも　わからない
ただ　わたしという一個の存在《もの》が
こうしてひっそり生えている

善いも　悪いも　手の届かない
地球のほんの片すみに

Image 21

草の言い分　人の言い分

なんてことだ　なんてことだ！
少しほうっておいた[illegible]のに
こ[illegible]になっているなんて
ここはい[illegible]たいだれの土地な[illegible]か
わたしの土地ではな[illegible]
かきわ[illegible]ても　かきわけても
のびのび自由に[illegible]
わたしの声すら届かぬならば
ほん[illegible]土地の所有者は！

Image 22

4秒間の沈黙を
つくり出すための声がある
早朝のベランダに立ち

ホッ　ホォーッ　ホッホー

ホッ　ホォーッ　ホッホー

ホッ　ホォーッ　ホッホー

ホッ　ホォーッ　ホッホー

ホッ・・・・

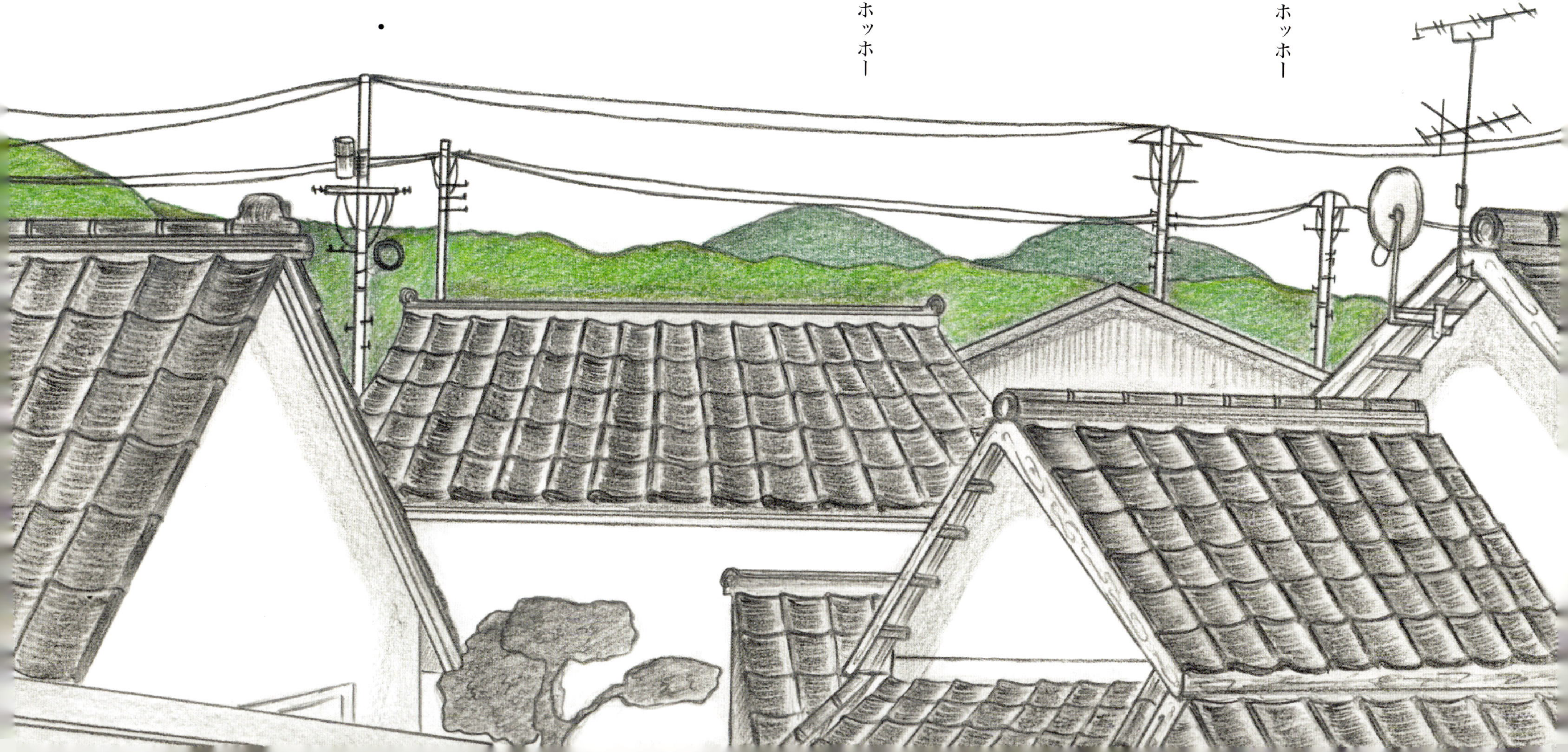

Image 23

それは　ふいに　あらわれて
ふいに　きえて　しまうもの

カーンカーン　きった
そっちと　こっち
あれと　これと
それと　あれを
カーンカーン　きった
ことに　だれも
カーンカーン
気がつかないうちに

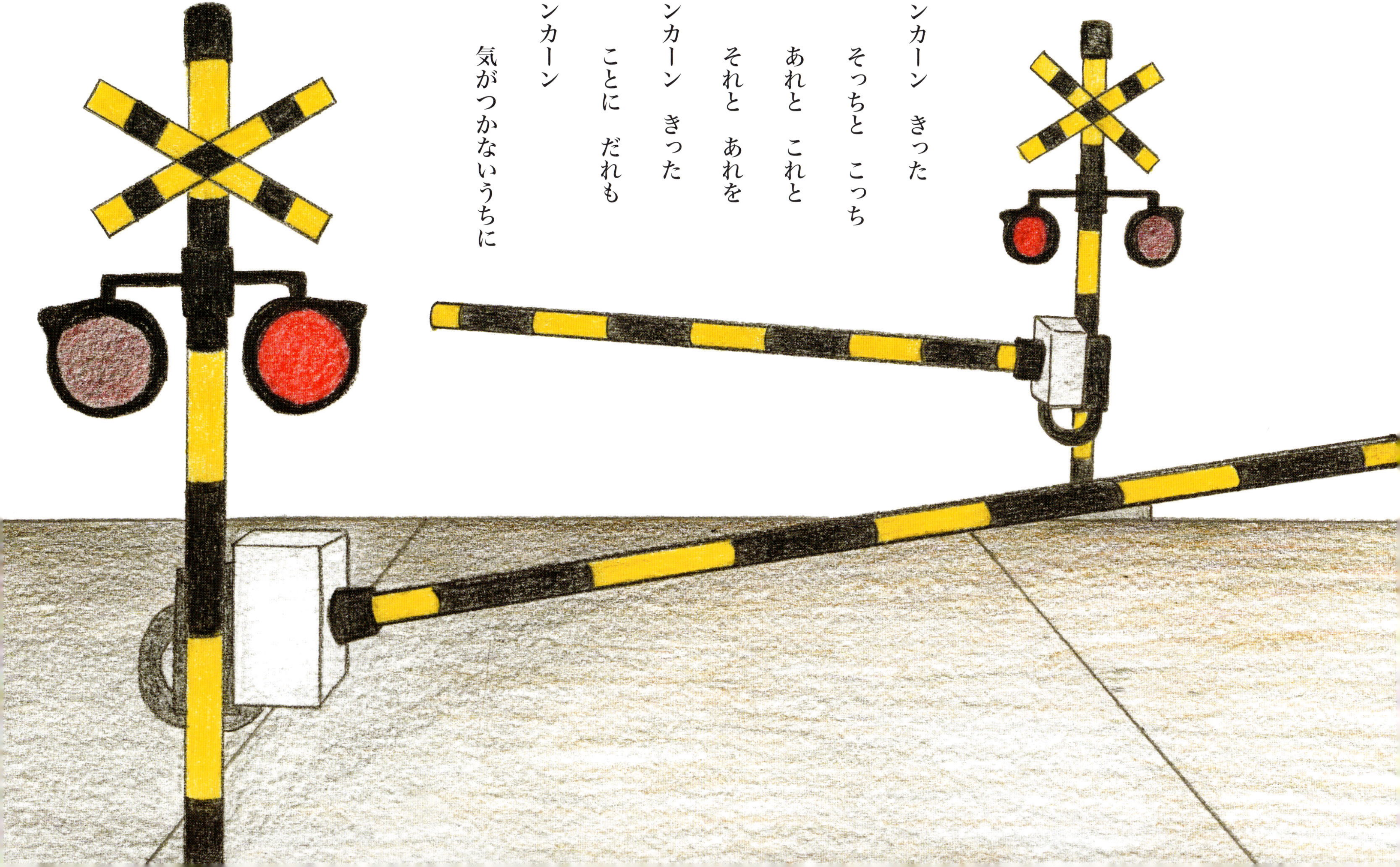

Image 24

わたしはアルファでありオメガである

どこまでも　どこまでも
どこまでいっても　どこまでも
はじまりと　おわりとが
一致して　うごくもの

どこまでも　どこまでも
どこまでいっても　どこまでも
そうである　ものとしか
それ以外ではない　ものとしか

Image 25

うつっているのは　そちらですか？
それとも　こちらですか？

わたしにとってあなたたちは
泡の中のひと　だけど

あなたたちのほうからみたら
わたしも　泡の中のひと

それならこのいくつもの
泡の中にうつされた

わたしというのはいったいだれで
どこにあるものなんだろう

Image 26

たったひとつまみで変わる

塩はせかいの共通語
せかいは塩で
むすばれて
やがて　ひとつの
おむすびになる

Image 27

S 席のみのご用意です

［演目］

『太陽の子ら
太陽のため
ただ　うまれ
ただ　うたう』

天よりきたる劇団の
舞台がまもなくはじまります
黄金色《おうごんいろ》の　顔《かんばせ》　たちが
演じる永久《とわ》のものがたり

今年の地上公演も
千秋楽までひと時たりとも
休むことなく続きますので
ぜひとも多くの皆さまに
ご覧いただければ幸いです

Image 28

姿を変えて　わたしのところへ

てん　てん　てん
ふってくる
ぴたぴたささやき
ふってくる
タンタントタタン
ダンスしはじけて
つぎからつぎへと
ふってくるたびに
つたわるしんどう
ゆら・ゆらり
つゆさきひびいて
ゆり・ゆらら
ゆら・ゆらり・ゆら
ゆり・ゆらら
むじゃきなまんまに
したたりおちる
まあるい天井のうえから

Image 29

あ！

結ばれた　そっちとこっち
あれも　これも　どれも　みんな
約束の橋で結ばれたことに
見上げてはじめて　気がついた

Image 30

―めぐり―

“いってきます”

“いってらっしゃい”

“ただいま”

“おかえり”

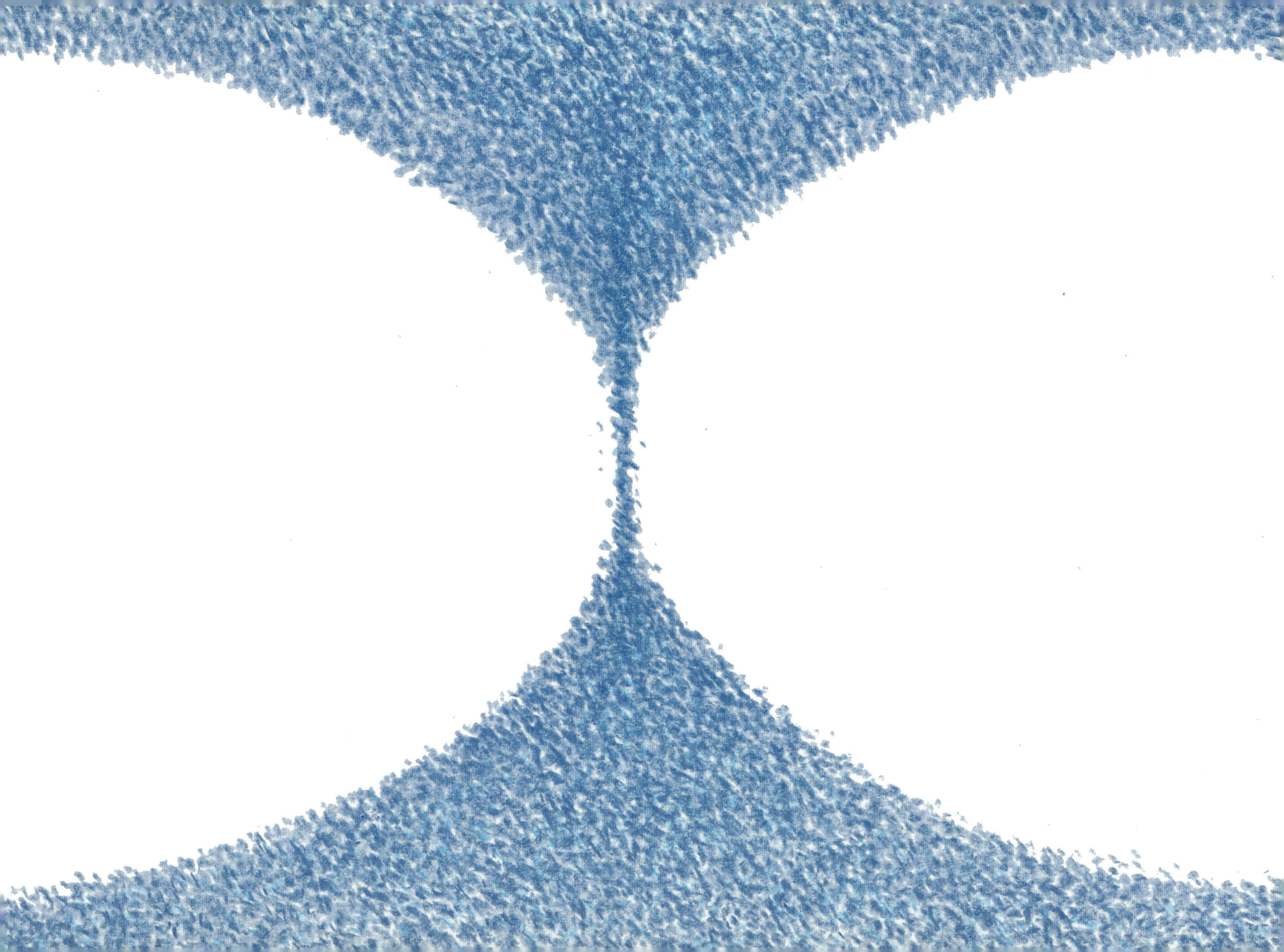

〈著者紹介〉

前島麻子（まえじま あさこ）

1986年　島根県松江市に生まれる。
現在同市在住。本作が処女詩集。

ひと房のブドウ
前島麻子詩画集

定価（本体 1400円+税）

乱丁・落丁はお取り替えします。

2018年 7月　8日 初版第1刷印刷
2018年 7月 18日 初版第1刷発行
著　者　前島麻子
発行者　百瀬精一
発行所　鳥影社（www.choeisha.com）
〒160-0023 東京都新宿区西新宿 3-5-12 トーカン新宿 7F　電話 03（5948）6470, FAX 03（5948）6471
〒392-0012 長野県諏訪市四賀 229-1（本社・編集室）　電話 0266（53）2903, FAX 0266（58）6771
印刷・製本　モリモト印刷・高地製本

ISBN978-4-86265-692-6 C0092